NORMAN BRIDWELL

LA PRIMERA NEVADA DE
Clifford®

Traducido por Teresa Mlawer

SCHOLASTIC INC.
New York   Toronto   London   Auckland   Sydney

Para Emma y Jake

El autor agradece a Manny Campana
por su contribución en este libro.

Originally published in English as *Clifford's First Snow Day*.

ISBN 0-590-63097-0

10 9 8 7 6 5 4 3 2   8 9/9 0/0 01 02 03

Printed in the U.S.A.   24

First Spanish printing, October 1998

Yo soy Emily Elizabeth, y éste es Clifford, mi perro.
Nos encanta jugar en la nieve.

Recuerdo la primera vez que Clifford vio la nieve.

Apenas era un cachorrito. Era su primer invierno.

Había nevado durante toda la noche.

Por la mañana, me vestí para salir a la calle.

—Clifford, te tengo una sorpresa —le dije.

Y vaya si se sorprendió.

A Clifford le resultaba un poco difícil caminar en la nieve.

Pero, pronto encontró la forma de seguirme.
Caminamos hacia el parque.

Los niños se deslizaban en trineo por la colina.
Pensé que a Clifford también le gustaría.

Pero me olvidé de que él no podía sujetarse.

Se me ocurrió una idea.

Ahora Clifford también podía deslizarse por la colina.

Después fuimos al estanque.
Los patinadores pasaban muy de prisa.

Antes de que pudiera evitarlo,
Clifford salió a la pista de hielo.

Comenzó a dar vueltas y más vueltas.
Yo estaba muy asustada. No podía alcanzarlo.

¡Oh, no!

—¡Cuidado con mi perrito! —grité.

¡Por poco!
Tenía que sacar a Clifford de allí rápidamente.

—¡Auxilio! —grité.
Pero no estaba segura si me podían oír.

¡Bravo! Mi perrito estaba a salvo.

Le dimos las gracias al jugador
de hockey por su buena acción.
Ya era hora de regresar a casa.

En el camino, nos encontramos con mi amigo Tim.
Estaba haciendo un muñeco de nieve grande.

Me pidió que lo ayudara.

Tim hizo la parte de abajo...

...y yo hice la del medio.

Luego, Tim hizo una bola más pequeña para la cabeza.

Coloqué la bola mediana en su lugar
y miré a mi alrededor buscando a Clifford.

No se lo veía por ninguna parte.

¿Dónde se habría metido?

Mientras Tim le ponía la gorra al muñeco de nieve,
yo me puse a llamar a Clifford una y otra vez.

De repente, oímos un ruido.

—¡Mira! —dijo Tim—.

¡La nariz del muñeco se mueve!

Era Clifford.

¡Qué suerte que lo encontré!

La primera nevada de Clifford fue toda una aventura,
pero ya teníamos suficiente por un día.
Nos fuimos corriendo a casa para tomar una sopa caliente.

Ahora que Clifford ha crecido, los días de nieve son aún más divertidos.
¡Clifford es maravilloso!